生命如花綻放

胡淑娟詩集

胡淑娟 著

新世紀美學 出版

胡淑娟

師大英語系畢業，北一女退休英文教師。台灣現代小詩競賽獲優勝佳作獎，筆名「蘭朵」、「樂若」，早期投稿多是散文小品創作。自民國 89 年始至 93 年，撰寫有關憂鬱症與生命體悟散文，大量刊載聯合報繽紛版、自由時報家庭婦女版與副刊。作品散見聯合報、自由時報、野薑花詩刊、現代華文詩與葡萄園詩刊。

燦然微笑如詩生命行者

許世賢

看大地綻放花漾晨曦
任地表藏起夕陽
看天地盪氣迴腸如詩遼闊
生命如花綻放

以鏡頭行腳大地的攝影家，以璀璨生命試煉無常的詩人。余世仁老師充滿詩意的影像收錄大地詩意無盡藏，胡淑娟老師爽朗笑意綻放如花生命，慈悲關懷溢滿心田。《大地如詩綻放—余世仁攝影集》與《生命如花綻放—胡淑娟詩集》是一套充滿能量與愛的書，兩位行者給世界的禮物，而如詩設計是我給他們的禮物。

生命存在形式的轉化

胡淑娟

《莊子至樂篇》有云：「人之生也，與憂俱生。壽者惛惛，久憂不死。何苦也！其為形也，亦遠矣！」

死亡是反映生命整體意義的一面鏡子。唯有接近死亡，才可以帶來真正的覺醒和生命觀的改變。如果視生若死，視死如生。死亡只是生命從某一種存在轉化為另一種存在。來自無，復歸於無，把生和死看成一體，死亡只是另一期生命的開始。

這本詩集彙整了我兩年來散見詩刊的作品。全篇詩集總圍繞著愛與生命的主題。寫每一首詩的當下，我的心中都洶湧著澎湃的情緒。在深受感動之餘，我嘗試運用有畫面的文字，創造嶄新的意象。希望讀者也感動著我的感動，內心有深刻的眼睛看到了詩裡營造的畫面。

生命如花綻放
胡淑娟詩集

目次

Chaper 1

目次

Chaper 2

生命如花綻放

Chaper 1

荷

妳是一支荷
自我懸首
立於夏日的竿
撥開瓣來發光
才能照亮一池的花影

鏡子人生

人生是一面鏡子
即使打成碎片
還想保持完整的光

忘了寫詩這件事

寂靜的影子
浸泡在光裡
即使皺了，皺了
仍要舔著
光刺過的傷口
影子一直是
腳底下的風景
水湄山崖
餵養著
直至沈睡的影子
把我吞噬

信

妳的信是一行行
春天的森林

逗點是雪
在妳溫熱的手心融化
句點是雨
封鎖了晨間的霧

而我是遠方的雲
正變成一尾魚
游進妳潮濕的記憶

盡頭

明月是窗前
最淒涼的傷口
孕育了夢
卻無法著床

羞怯的靈感
在迷霧中奔竄
詩以微雲的腳步
呼喚　追趕

遠方的燈火
如落盡的黃花
墜了一地
感覺是那麼的疼

但夢不是夢了
都幻化為飛舞的蝶
只在寂靜的荒野

而我　像星光散去
在黑夜的盡頭
就再也沒有黑夜了

冰河

寂寞的冰河
睡了千年
卻被一場大雪
驚醒

斷然拋開斑駁的時間
自凝結的裂隙崩落
只攜帶著北極光
漂移又漂移

觸到迂迴的對岸
小心地煞住自己
轉身成迷霧
輕得
飛了起來

線

凝望夜空
薄霧鎖住了微光
像一片深藍色的玻璃
美得即將　從天墜落

風輕輕的呼吸
音波震出細細的裂縫
透著禪機

剛好是我　似一根弦
托住了明月
來回滑動的淚滴

靜

蛛網盤結了黑夜
浩渺靜謐
月光伸長千年的纖纖玉指
也翻不出大地的影子

秋蛩也不敢耳語
獨自囓咬寂寞
觸鬚窸窸窣窣
探索熟悉的身影

即使鳥兒睡著了
沉默的呼吸
也會驚動
時間滴落的聲音

假想

多麼希望
世界是張薄薄的紙
可以折來折去
無須繁複的時光機
以筆芯穿越蟲洞
便到了異次元的星雲
那裡的虛擬實境
沒有手機　用不著聽覺
也沒有螢幕可以彼此看見
只有柔軟的時鐘
倒數秒針
翻動可逆的命運
讓悲傷轉身

乘涼

光和影
都在夏天的樹下
乘涼

一窩風

雲找不到
可以落腳的地方
只好在天空的背脊
吹著有稜線的口哨

裝著雲和光

一方清淺的塘
裝著雲和光
浮雲變成一條魚
盡情嬉戲
而光看著自己的影子
落水
沒有人聽見

全都詩了

萬箭齊發的金光
射中了
一個有霧的早上
全都詩了

飛

詩是最輕的語言
會飛

亮相

陽光譁然
以柔軟的腳趾
走出一條長街
亮相

打翻

夜一不小心
打翻了整瓶墨水
遂捻亮一盞月光
逐行閱讀
搖晃的千江

越夜越美麗

雲游移她的手
在桃花青春的臉龐
畫出一朵月光
那是她最美麗的扮妝

雲

有時候
雲只是一把愛哭的傘
橢圓形的傘緣
在泥濘的季節裡
轉了一圈
便灑落淚滴
離心　流浪

有時候
雲成了一把逆光的傘
三角形的傘緣
眩暈於懸浮的蒼穹
以透明翅膀
載著時空飛翔

有時候
雲卻是一把破了洞的傘
多邊形的傘緣

掉落了所有星星
長夜的觸鬚
一一撿回碎裂的光
引燃流螢寫詩的渴望

思念

我是一條思念的河

風翻起了千層浪
誰是
那遠方漂來的船
如熨斗般貼近
燙平我的驚惶

雨融化了我
成片片流動的水波
誰是
那逆向的青草
如時空苗圃
拼貼我的綠意

黑雲覆蓋了我
誰是
那忽明忽暗的殘星

如流螢般的微光
啣著我整世紀的憂傷

附記：婆婆早逝公公卻總是懷想
她在燈下縫補衣物的影子

愛

愛的種苗自遠方
乘願而來
趺坐於妳心中的湖水
滋長的聲音
如漫無邊際的雨

妳柔和的五官
漸漸有了佛的容顏
掏空了悲怨又填滿法喜

枝椏慢慢地交疊
為綠色的手臂
從髮根伸出了草葉
手指開滿了花蕊

撥開糾纏的複瓣
看見妳幽幽的靈魂
自夢中醒來

那乾淨的瞬間
變成永恆
如一枚紫色的睡蓮

貓

時光嗜睡
一直打著盹兒

貓
膩在沒有雲朵飄過的黃昏

影子懶洋洋地
趴在地上
竟然比黑夜還長

誰偷走了時光

日子年輕時
是一道厚實的牆
胖胖的
迴轉生命成風

日子老了
瘦成一根針
又一點一點的
穿刺生命
成無法填補的缺口

甦醒

夢是蛹
一枚掙扎鑽出來的蟲
而甦醒是蝶
終於張開了美麗的雙翼

昨夜

昨夜此時
以星月入眠
細細攪拌搗碎
為夢的泥漬
一宿醒來
驚覺一首詩
早已揉合為
爛漫的春日

行吟的黎明

線型柔細的光
探測海水的隙縫
書寫詩行
每一首
都是光合的荒島
漂浮搖晃
於晨間的海上

模特兒

我是櫥窗裏的模特兒
時時被老闆搬動的假人
每天打扮
像光纖一樣亮麗
看著玻璃窗外
人來人往
永恆的旋轉
於我
只是一種靜止
世界停擺
只有牆上的壁虎
像個標本

秘密

秘密悶著熱著
甚至躲藏
隱身為底片
就怕
有一天
不小心見了光

整座湖是深綠色的文章

蜻蜓乘著風的滑翔翼
落入水面
輕輕踮起腳尖
陽光映襯著透明的翅膀
就是一首
精緻的小詩

日子

日子是水中無奈的影子
在時間的長河裏
不停的複製
對著遠山的盡頭
丟擲一顆頑劣的石子
清淺的回聲長出了水草
無邊無際

震央

台灣
又一次
天搖地動
芮氏地震儀
還沒測出幾級
只知
震央在大官憤怒的腳底

天籟

浩瀚銀河裏
我聽見
詩在光年外心跳
那是呼喚宇宙的聲音

天外飛來

天外飛來
山與水
騰雲拔起了山
晨霧駕御水

直觀

遠走的青春
漸漸淡成了水墨
欲以北風呼號的指紋
遙寄一封鄉愁
先貼一枚明月
做郵票
再蓋上冬季的窗口
權充一方郵戳

走光

我是樹的眼睛
看春天走光
看每片葉子張開了耳朵
風揚起了她的帆
還有星子
在夜空的海裏飄浮

睡蓮

我的愛人是一朵蓮
到了晚上就和花瓣一起睡了
她睡得如此沉
連月光也喚不醒

光

倦鳥都歸巢了
明月才升起
迷霧鎖住了死亡
但我知道
遙遠的盡頭有光

髮梢長成花朵

心的子葉
剛萌芽
只曬一下眼底的陽光
髮梢就長成了花朵

燕鷗

我是一隻初生的燕鷗
跟雲絮借豐美的羽毛
拉縴天空一起輕颺
沿著生命的浪頭
叛逆季節的風
即使放低
也是一種起飛

武士道

櫻花說
我是一個柔弱的武士
死不是生命的盡頭
只是閉起眼睛
沈睡的開始
以冰山為覆蓋的棺槨
將陪葬的雪切開
才裝得下
明年噴出來的花朵

藍眼淚

雲絮徘徊海邊
獨自背負
漆黑的晚天
拿著手中釣竿
以滾滾的浪為岸
釣起的不是落日
而是海藻
發光的眼淚

釀詩

浸泡千年的日月
撈起一枚露珠
等待時間的麴醱酵
蒸餾出一首58度
琥珀色的詩
像熟成的老酒
越陳越香

貼近

你是自由的風
擁抱你總是落空
而我是光
我知道
唯有穿透你
回首凝望
比擁抱你的影子更貼近

露

草原上
露珠踮起渾圓的足尖
像針孔映照深雪
輕踩　顛倒了的天空
她知道
真正的歡愉
是漠視
被芒花割傷的自己
忘了疼痛
像一朵黑色的玫瑰
唯有如此淡定
才能聽見
風飛過的聲音

政治動物

鞋子排在政治的玄關
整齊劃一的隊伍
張口呲牙咧嘴
卻忘記想說什麼
可惜了
踐踏之前
不會行動
它們一直是
不思考的動物

詩，想

詩，想變為
深夜裡的春蠶
緩緩吐絲
絲卻成為月光裏的薄霧
詩，想撈起
一枚海裏的月亮
月亮卻在海裡潛泳
詩，想捕捉
一隻停駐的蝴蝶
蝴蝶卻從花間騰空飛起
詩，想追回
逝去了的童年
童年卻踩著影子兀自溜走
詩，想偷看
雨後的彩虹
彩虹卻躲在妳的眼睛裏
詩，想為大地
鋪一方櫻花
卻吹起了漫天風雪

蝶就是一首詩

蝶就是一首詩
靈感從痛苦的蛹裡
蛻變鑽出美麗思絮
她羽化成文字的薄翼
還浸潤著羞澀
等待一遍遍斟酌
霎時響起了一陣風
一首繽紛的詩
像蝶一般
飛了起來

給妳在天上的情書

月亮從滿山的雪中升起
以擋不住的光
眼睛都盲了
才能用心寫情書

想著給妳
在天上的每個字
都是鑲金邊的雲朵

再將一行行詩
織成垂懸的流蘇
滴滲蘆薈沁涼的香味

此刻的書寫
是靈魂給妳的輸血
凝結艷紅印色
以為信末我的簽名

來生

不慎得了思念的流感
讓時光溜滑梯
溜進前世
花曾盛開的回憶

期待來生
你我變成兩朵浪花
在海裏合葬
幸福變得比較近

失眠

如果夢
是深沈的海

蒸騰的月光
冒出薄霧
變成銀色波浪

而失眠的床
幻化為孤獨的島礁

我則是島礁上
一尾擱淺的魚

旅行

山是時間永恆的眼睛
斜睨著海　走漏了風的聲音

落日打散癱軟的蛋黃
等待下一次天明

樹伸長手指
挾起月亮
做發光的月餅

我是孤鳥
飛越纍纍的光影

忽明忽暗的嘎嘎聲
讓所有黑夜耳鳴

想妳，就寫詩

想妳就寫詩
以淚當每個透明的句點
連結彼此遙遠的象限

妳是危崖生出的花朵
垂手撈起一陣風
放入鳥的眼睛

妳是寂靜的黃昏
複製了落日
讓向晚的鐘聲
成回音
撞上失神的山谷

夜深薄霧的背後
妳又是變裝的流螢
以發亮的囊袋
揹起天上滿滿的星星

夢調製的露很凝重
妳遂化身一襲月光
披著不羈的羽衣
翩然離去

心荷

妳是一朵清幽的荷
偏愛淡淡的紫色
月光太亮
遂閉上眼　張開了耳朵
諦聽風的梵歌

星空下冥思
雲紛紛墜落
霧擁抱著
如微光之佛
將妄念都收入
花瓣深深的細褶

從此妳化成了
忘憂河裏的清風淡墨
殘雨後的一朵燈火
走失在遺落的邊境
與我死生契闊

霧來了

霧只是貼在山外的一首詩
薄薄的　斜斜的
撐起一個落日
瀰漫緋遠
每到了淒惻夜裡
回歸夢的荒原

而詩卻是隨時湧上心頭的霧
模糊流動的精靈
超越時空　瀕臨絕種
寂寞如水氣飛昇
打撈風的影子
在我須臾瞇眼
轉而驚醒的時刻

夜光杯

海是摺了百褶的火
女巫搧著一陣風
燒了起來

夕陽迅速打一顆蛋黃
在沸騰的波浪裏
煮熟

旁邊的焰苗
又莫名其妙
竄起了一顆顆星子

等風拉直皺褶撫平
海逐漸冷卻
成了一只
藍色夜光杯

杯子裏的光點
在看不見的邊界
浮沈

風箏

生命紮成
單薄的風箏

飛翔只是
春天的夢幻

不需一瞬
時間滑落

滿地的分針秒針
都是生命殘影

有感後記：
船上乘客都是老人。
淑娟這才驚覺：
原來師丈與我早已高唱「白髮吟」了。
親愛，我已漸年老，白髮如霜銀光耀………）

野鳥

野鳥老了
暫且蝸居於
一方冰塑的海
觀望火 延燒著洞

身上的羽毛快掉光
風蝕噬了滿滿的疤痕
但仍以喙緊啣著
乾枯的翅膀

只為了
全力飛向
明月漂浮的地方

寧願

我寧願是
透明的空氣
深深地嗅聞自己
成一朵芬芳的玫瑰
你卻是
逍遙的帆影
來至河的上游
傾聽山水

我寧願是
清淺的湖心
隨著圈圈泛開的漣漪
融入一朵蓮的依偎
你卻是
遠方的紙鳶

擁抱藍天裡無盡的渴望
被風吹壞了 無所謂

那麼
不如彼此都做
漫漫的長夜
凝視守候
不肯墜落的星輝

景色

雨是晚雲衍生的眼睛
睜睜地看
寂光挑釁著紅塵
烈焰燃灼為灰燼
大地的一切
都捲入　夜深深的簾幕

只剩殘月
是曉風斲傷了的容顏
一勾一彎
挖空自己
漂浮於空氣

搖晃　搖晃
蘭舟睡著了

說起咕嚕咕嚕的囈語
錨也暈眩了
早已背離迤行的煙波

相思三首

1

相思蝸居於一枚貝殼
聽見我的脈搏
是不斷拍岸的潮水
而妳如落日的心跳
聲聲應和

2

相思是寂寞的冬雪
哀傷汩汩
化成一朵朵
提早綻放的春梅

3

相思如海洋裡
兩座遠距的島嶼
伸直鵝頸遙望
也要將彼此的影子
深深印在心底

詩

詩是跳躍的浮光
像千萬隻閃爍的眼睛
仰泳　在煙波浩渺的夕陽裡
至於那個
未曾寫出的斷句
則是一枚璧玉
承載不住整座海洋
靜靜沉入的影子

素描

深夜伸展長幅的捲軸
哇鳴是水的心跳
聲音漸遠

夢張開濡濕的絨毛
漫漶於夜色
淡了如霜的皺褶

森林擎起一盞明月
彎彎的
與夜鶯擦肩而過

爸爸的告白

自從有了妳
春天都釀成了酒
可以醉飲飄然
即使妳的笑容
是紫色的花塚
我也願深埋其中
因為
愛從未孤單
永恆更輕盈起來

雲的未來

雲　優雅地
走出了玻璃做的天梯
隨著長河落日緩緩而下
每一階都是從容的生命

雲　只是暫時
提著靈魂的行李
到遠方旅行
追尋一瞬的天光
不想變成哭泣的雨

雲的未來
在抵達神秘仙境前
不管柳暗花明
或滿天星斗
都對著妳揮手

抵擋悲傷

1

山在地殼上打坐
如如不動
當一座禪的屏風
抵擋悲傷海洋

2

夜空眨著黯然眼睛
巨大的黑琉璃
快要脫窗

叩問亙古
既然無法抵擋
影子的逆光

索性自己
碎為顆顆繁星
將宇宙照亮

豈是枉然

蝴蝶翩翩的影子
想冒充翻飛的花海

美麗紙鳶
想抓住斷線的風

飛雪的翅膀
想融化整顆太陽

蛇的彎頸
想纏繞一盤月亮

螢火竟然騰空
想殲滅所有的星光

一切　豈是枉然

張口飛出一隻蝶

看見妳
如害羞的蛹
微微地張開小口
飛出了一隻蝶

蝶翼舞一段春光
似飛起的蓮
有翩翩的興味

細細地聞著
花開花落的香氣

想必是
一首詩的靈魂

給霈霈

是什麼樣的日月星辰
才能仿製一個完美的妳
月兒彎彎是妳微笑的唇
星星閃爍是妳晶亮的眼神
悠然青山是妳低蹙的眉宇
一抹微雲是妳沒來由的憂鬱
如果大海是妳透明的胸臆
風就是妳淡淡的呼吸
鮮嫩的海草是妳柔潤的髮絲
潔淨的貝殼是妳凝神傾聽的耳語
還有那捲起的浪花
必定是妳飄逸的衣裙

註：寫給孫女霈霈

李白

夜
關上了每扇門
卻開窗
讓月光進來偷窺

黛玉

妳是悠悠流動的長河
在眼底
築起了蜿蜒的堤岸
陽光退潮
卻
被無盡的淚水氾濫

鋼索上的眼淚

一輪明月
如受傷的眼淚
在生命的鋼索上滾動
卻始終保持
優雅姿勢
務使不偏不倚
因為
慎防墜落
是一件非常艱難的事

多年後的七夕

你是旋舞黑蝶
在每個荒涼的永夜
仍有值得仰望的星空

星辰不只是星辰
是迷宮找不到出口
永遠沒有盡頭

我隱身億萬光年外
與你平行的宇宙

你仍看得見
星塵之間的虛線
虛線鏄縫裏
綻放晶瑩的光華

那是孤絕的我
雖然

我的光
早已黯淡許久許久

弧度

群山　捧一面湖水
當剔透的明鏡
映照自己
悠然無波的倒影
是渴盼的唇
最優美的弧度

光

宇宙中
光是雲的先行者
飆速奔馳
其中一束是我
舞出了一點飛墨

父親的圍巾

回首塵封的記憶
如迴旋的毛線
行雲的跫音

拼命向我飛奔
走出了山　走出了林
成蜿蜒的路
如父親一直戴著的圍巾
有冬季的溫馨
圍成羞澀的風吹拂
那無聲的擁抱
蛻變為
一次親情的救贖

父親的圍巾
是綿密編織的愛
給我的頸項
全世界的溫度

却是溫柔的窒息

懺悔

滿床的被單
是一座藍色海洋
翻飛著浪花
浪花喚醒了永夜
撈起沈睡的星光

躺著的兩個島嶼
被沈默隔開遙遠的距離
自深潛的礁底
浮出水面
褪去匿藏的影子

黎明的罅縫裡
窸窸窣窣
生起了熒熒火苗
一隻蝶驚醒
幡然悔悟
振翅掙脫

晨曦又重新
呼喚島的名字
融化凝蠟的雕塑
真心懺悔

黃昏

黃昏是一隻橘色的貓
弓著發亮的背脊

膩在牆角
凝視遠方的空門

偷偷吃著雲的影子
喀吱喀吱作響

天色暗了
轉身
時間停在那個指針
想不起回家的路

亮

貓兒點燈
在瞳孔複製月亮
霎時所有的星星
都沒有了光
直至黎明時分
忘了熄滅自己

星星

想必是
天上的星星過從甚密 相互推擠
遺落了人間
點點疏離的漁火
冒出一顆顆摔傷的星子
微微的光是她僅存的亮度

切片

詩人像花瓣一樣
撕裂自己
輕輕墜落成一首詩

不同音階
重新對味賦格
且作未來的切片
仔細浸泡
在時間的福馬林

防腐的歲月
漂白了上帝的神筆
成永恆的標本

上輩子的事

時間削薄了日子
成細細的雪
寂靜的皺褶
沒有一絲重量
雪去過一個地方
是冬天
一旦睡了
就不再醒來

六月也許是雪

正是大伏的天氣
六月借用梅花的烙印
紛紛下起了大雪

日子

日子託風兒捎來了口信
滿滿的
都是映在河裡
浮動的倒影

她說
只要妳拂去了
瞳孔中
像水草依附的塵埃
妳就看得見日子
一直延伸
如相思的河

河裡映著另一個我
放下了整條河的重量
轉換成 輕如翅膀的雲朵
笑著笑著哭了
雲都哭花了

修煉

光必先
隱藏自己的骨骸
才能親吻影子
火必先
熄滅自己的焰苗
才能融合灰燼

失明

落日
是一顆
患了白內障的眼珠

無法在黃昏的瞳孔裡
看到疲憊的自己
荒涼而昏瞶

與山峰利刃 相遇
似冰與火的戳擊
溶成了晚霞的汁液

嘶嘶蟬鳴淒厲
竟是一天完美的結束
與悲傷的開始

影子撞上了光
在流動之間 迷途

錯過了一首詩
深夜遂成為
一片失明的風景

一首囚禁的詩

時間是文字的煉獄
孤獨是個酷吏

鞭笞著筆
囚禁著一首詩

詩的靈魂是女巫
浸泡於憂鬱的墨水裡
聽見糾纏的句子滅頂
錯位的字
紛紛沈溺窒息

咳

肺是一座
荒涼而搖晃的沼澤
劇烈震盪的波紋
無處可逃
遂又回頭打撈氣泡
風戰慄
發出了聲響
跳出一尾飛魚
越過沼澤
與冬天的空氣相遇

整條黎明都是詩

深夜終於停止了研墨
木麻黃正努力掃黑

天 充滿了光
光的翅膀在飛舞
也是映在水裏的音符

早起的貓兒
彈著黑白鍵的鋼琴
整條黎明都是詩

睡在懸崖上的雪

冬天沉著的飄雪
睡在懸崖上
不會擔心凍死
她遵守諾言
等待春天
找到了復活
如時間瀟灑地
放生自己
一切基因序號
重新解碼
彼此邂逅

星星寫詩

星星寫的詩
橫著唸
豎著唸
懸著唸
倒著唸
都是她對亙古
千迴百轉的思念

入定

心是荒原
任雲霧煙嵐
映滿容顏

始終維持
冥想的姿勢

而彼岸
則是滾滾流水
化成了
千手千眼觀音

引領入定
化作永不墜落的彩虹

島嶼像一座鯨魚

島嶼像一座鯨魚
被海水推開旋轉
潛泳之後
冒出水面呼吸

島嶼張開了氣孔
噴出一陣煙
她的眼睛
是蛹羽化的藍蝶
細雨為她
鑲著對稱的翅翼

風是她高興起來
唱的詩歌
永恆不停止
飄逸淡淡幽香

岸是島嶼流線的身軀

溫柔擁抱前世的羊水
挺著光滑的胸鰭
揮舞浪花
似一根白色羽毛
月光下
帶著初醒的靈魂　飛

致盲者

只有盲者知道
黑才是白存在的顏色
而光 不過是慾望
密封幽暗的琥珀

人家都這麼說
心摸起來是軟的
雨染上了春天
洶湧的粉紅色
海的指尖
化成永恆浪花
忽隱忽現的繁星
是與意識平行的宇宙

起風時
遠方的帆影
猶如走在琉璃上的碎渣
所有聲音

都豎起了耳朵
騰空
穿越遙遠的銀河

至於說話
只是多餘的言語
像一個孤獨的匣子
釀製一種叫寂寞的液體

夢與夜

有時候
夜是沉寂的冬天
夢則是簌簌的雪
像一陣騷動
輕輕撩撥春天的腳趾

有時候
夜是闔上的眼睛
夢則是偷窺的瞳孔
像一陣閃光
透視遺忘的前世

有時候
夜是終極的邊境
夢則是想逃離的彩蝶
像寂寞的空氣
奮力呼吸

有時候
夜是一座湖
夢則是湖心裡
清泛的漣漪
像雨中旋轉的漩渦
打著斜軸的陀螺

有時候
夜是翻不了身的凍土
夢則是虛無飄渺的霧
守候孤寂

魚

你躺成了山脈
我流成了河
你垂懸孤獨的餌
以月兒
喚醒我瞳孔裡的
寂寞

而我吐出的泡沫
則是不停止的潮聲
早已消失在
彼岸的萬頃碧波

月光

月光走來
照著湖的鏡子
顛倒而貼近的水影
感覺並不對立
也非陌生
因為它
從來都沒有過背叛自己

荷瓣

為了躲避詩的糾纏
我偽裝自己
是掛在葉邊的朝露
讓詩以為
捕捉到我的影子

我又在瞬間
潛入深海裡
化身洋流
耳朵滿是潮聲

詩還是
不停追逐我
如水
追逐一株海草
如風
追逐銀河裡的塵埃

我終於
疲於奔命
想轉身離開

隱藏深處的悲哀
卻在迴旋的漣漪裡
與詩相逢

詩喘著氣說
妳是我夢中
尋覓千年
如人間初醒的容顏

窗口

我的稿紙
是綠色的窗口

靈感則是
等在窗口轉彎的羽毛

窸窸窣窣的一種
比寂靜還寂靜的聲音

路過一格格的文字
如濡濕的蝶翼

卸下她飛掠的剪影
待時間一一晾乾

筆耕

我的稿紙是一畝田
一格一格秧苗
種著青澀的文字
靈感如風吹來
蔚然
成綠色的海

回歸

月亮是我夢裡
永恆的家鄉
移植人間
填滿我的行囊
以光 導航
回歸思念的土壤

喜悅

黃昏 走到一面牆
貓 想跟影子 捉迷藏
轉角的當下
迎來 喜悅的光

有一道光

有一道光
折疊千江的水波
穿越妳黑色的眼眸

時空扭曲 飽含濕氣
日月移轉 流星成雨
思念脈衝成咫尺的距離

再也沒有遙遠
只聽見滿山花開
綻放的聲音

天

天的屏幕
就是人間的斗笠
以遮風
以避雨
如果
你是天
我便是
小小的人間

海

月光微醺
映著海的鏡子
以波紋的弧度
等待起伏

碎裂的鏡片
則是一波波浪花
幽暗裡
朵朵生出了破綻
各自顧盼

顫抖的觸覺
如靦腆的羽翅
輕輕一拍　驚呼
便墜入海裡
淹沒所有傷痛

新月

黃昏是個行吟的詩人
徘徊於海邊

她輕柔的腳尖
掩映棕櫚
蹓躂時光小徑

風微醺
吹拂狂熱的愛

新月單軌滑行於細枝
恍惚的眼睛
偷摘一顆暗夜裡的星星

窗裡窗外是平行的時空

窗裡是雨
穿越窗外是風
窗裡疊合著窗外
是魔幻平行的時空

風吹來
連生命都老了
窗裡是蒼白的容顏
融合窗外淡然的黃昏

窗裡一圈圈皺紋
孕育窗外樹的年輪
呼吸奔跑
成為一閃而逝的光影

而眼眉低垂
猛地看見窗裡
隱約照映的

是

再度青春的靈魂

風雪中的寧靜

人生是一場風雪
正漫天流動
而心靈駐守的寧靜
可以框住　整座風雪

窗沿
恆常有一種跳躍
是出入風雪的青鳥
懷想漂流的草原
唱著牧歌

它的眼瞳
卻是
如此淡定的風景

水筆仔

淡水河岸
正舉行風光的大會考
一陣風兒嗚笛 開始
霎時只見
千萬隻筆 紛紛搖桿書寫
水面上壯觀的波紋
都是
一行一行精彩的詩

尋春

尋春　在黎明的枝椏
是不是
露珠串成了鈴聲
尋春　在彩虹的線譜
是不是
青鳥化成了音符

原來
春　早已覆在我身上
是月光織成了柔軟的蠶絲

街燈

太陽脫了黑夜的大衣
解開黎明的鈕扣
瞬間
佔領了一排街燈的寂寞

捕風捉雨

海
瀕臨崩潰的邊緣
撒下了綿密的網
捕風捉雨
撈陽光

夜色

窗邊的玫瑰
拾掇星子的淚滴
釀成一杯傷心的夜色

長著肉墊的詩人

城市在荒煙裡
矗立
落日在世界盡頭
打著瞌睡
曠野中
蔓草翻動枯黃書頁

已經忘了走多遠的貓
是踽踽獨行的詩人
躡足以柔嫩的肉墊
踩踏玻璃的光影
這秘境　竟成了行腳

趁著天光收斂
貓兒瞳孔裡的火焰
燃燒視野
尋找一朵朵詩的蓓蕾

輕輕闔上了眼皮
才會如曇花
從沈睡中甦醒

日出

熬夜駐守的星星
眨著疲憊的眼睛
魚貫離開蒼穹的外圍
冗長的夢境
從沈睡中甦醒
漫漫黑夜再也門不住
漸漸露出的天光
隱約之中
寂靜蘊釀一種騷動
比鑼鼓還要震耳欲聾
黎明開始倒數計時
日頭 在滾滾翻騰的雲端
閃著金光
像一尾魚
游出了海洋

青瓷

你是我捏塑 拉坏
上釉　入窯
親手製成的情人

我心頭輕輕一震
妳瞬間感應
出現鳳紋

高塔

高塔
伸直長長的頸
張望萬丈紅塵
也驚訝得
吐出細舌

籤

來到佛前
發覺自身一無所求
滿足而平靜
於是
放下了
籤

起飛

風吹走了星月
轉身不起一絲漣漪

且將
寧謐的髮梢打結
成一列
等待起飛的蝶

拍拍輕盈羽翼
一切缺陷
成了浪漫的完美

沿著愛的跑道
勇敢奔向
迤邐的天光

蕈菇雲

天空撐起
一朵蕈狀的雲
只有這種傘
才能遮擋
下在我心中
滂沱大雨
如深藏海底的暗流
沒有眼睛
只有耳朵

虹橋，妳是我的初戀

妳是我的初戀
每每獨自穿越小徑
一不小心
撞見妳回首的身影
我無路可退

每一回撞見
都是第一次的心跳
妳如滿天閃亮的繁星
讓我頭暈目眩
妳如一支弧形小傘撐著雨
醍醐灌頂
妳如粉紅彩蝶
撲向瀲灩的水光
奮不顧身

一旦愛上了妳
就是深不見底

填不滿永恆的渴望
我對妳的思念
是一場不願清醒的夢
灼燒整個世紀

心燈

從遙遠的窗口飛來
一朵螢火
好似對你的愛
以雙手
細心捧握
成一盞夜裡的微光
也是我全力呵護的
心燈一座

晨曦

黑夜擷取一襲月色
編成白色羽翼
奔向晨曦
一片片羽毛溶化了
墜落我的臉龐
潔淨如絲
翻轉憂鬱為幸福的光

睡在懸崖上的雪

冬天沉著的飄雪
睡在懸崖上
不會擔心凍著
她遵守諾言
等待春天
找到了復活
如時間瀟灑地
放生自己
一切基因序號
重新解碼
彼此邂逅

教師節

萬古都被
無盡的黑洞吸入
而我是那朵風雨中
快要寂滅的燭光
堅持清醒
不可以消融

自妳走後

妳，凋零的葉子
被秋天放逐
盪著風的鞦韆
輕到了失去重心
殞落轉身
為無聲的微塵

而風　追著妳聲聲告別
掩映了生命繁華
斑駁的記憶也
逐漸散開

如時光的千言萬語
曾經是一陣煙
一圈一圈
那是我的思念
繾綣　沒有句點

天堂如果有淚
雨絲就是妳的淚滴
記憶裡
有哀傷的味道

而我
則是那朵蹙眉的雲翳
眼瞼承載鬱卒天色
一定要保持
如此親暱的距離
沈甸甸地
忍住妳的淚滴

殤

有一天
如果我離去
妳應該會思念我
如　蝶兒思念寂寞

生命終於走到盡頭
海浪連成天梯
霧填滿我的胸臆

而月
從海面靜靜升起
所有的星光
隱藏了
貝殼滿滿的哭泣

回憶也漸漸消失
遺忘了所有的傷痕
才知道

生命沉寂許久
其實　從來不曾失去

綠苗

生命本是
一株園圃裡的綠苗
光　注入日月的精華　天心浩瀚
雨　滋養一根根智慧　紮穩大地
風　助長一朵朵慈悲　花繁葉茂
生命不斷正向成長
終至一棵環抱宇宙的大樹

Chaper 2

生命如花影像

余世仁 攝影

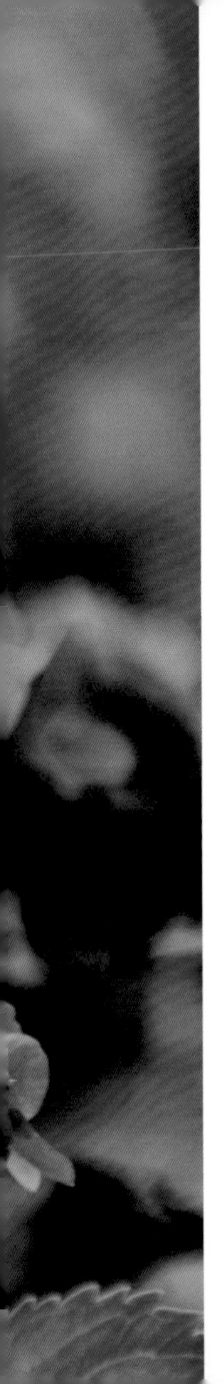

詩情畫意 5

生命如花綻放

胡淑娟詩集

作　　者：胡淑娟
攝 影 者：余世仁
美術設計：許世賢
出 版 者：新世紀美學出版社
地　　址：台北市民族西路 76 巷 12 弄 10 號 1 樓
網　　站：www.dido-art.com
電　　話：02-28058657
郵政劃撥：50254486
戶　　名：天將神兵創意廣告有限公司
發行出品：天將神兵創意廣告有限公司
電　　話：02-28058657
地　　址：新北市淡水區沙崙路 25 巷 16 號 11 樓
網　　站：www.vitomagic.com
總 經 銷：旭昇圖書有限公司
電　　話：02-22451480
地　　址：新北市中和區中山路二段 352 號 2 樓
網　　站：www.ubooks.tw
初版日期：二〇一六年十二月
定　　價：四八〇元

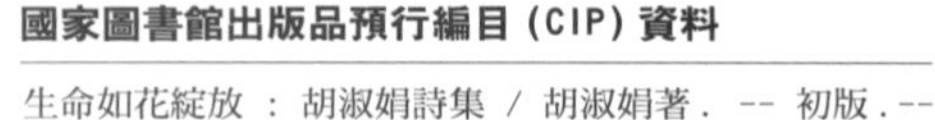

國家圖書館出版品預行編目(CIP)資料

生命如花綻放 ： 胡淑娟詩集 / 胡淑娟著. -- 初版. --
臺北市 ： 新世紀美學, 2016.12　面 ； 公分. --
（詩情畫意 ； 5）ISBN 978-986-93635-5-6(精裝)

851.486　　105016901